시, 우리 삶의 노래

김명수 시집

시음사
시사랑음악사랑

시인의 말

세월이 흐르고 나이가 들어 사람으로서 그 나이에 맞게 산다는 것은 결코 쉬운 일이 아니라는 것을 절실히 느끼는 요즘의 삶입니다.

늦은 결혼을 하고 가정을 꾸려 가장의 무게에 눌리면서 조금은 좋은 시절이 오면 글을 다시 쓰려니 하고 놓았던 시인데, 중년의 고개를 넘어서면서 가슴 밑바닥에서부터 자꾸만 솟아오르는 글에 대한 굶주림에 늦었다 싶은 시기에 다시 시를 쓰고 대한문학세계에 시인 등단을 하였습니다.

시의 습작은 젊은 날에 충분히 갈고 닦아야 좋은 글, 혼이 담긴 시, 무엇보다 시인으로서의 사물에 대한 통찰력과 삶의 깊이를 바라보는 예리한 시각을 갖추는 과정이 형성되는데, 그것들이 생략된 채로 30대중반에 멈춰버린 시어들로서 초로의 마음으로 표현하려고 하니 무척 어려운 시행착오의 과정을 겪으며 지난 10년 시를 지었습니다.

그리고 한편, 한편 습작을 모아 "시, 우리 삶의 노래"를 내놓게 되었습니다. 시란 시인의 삶에 대한 깊은 고뇌와 아픔들이 영혼의 사리처럼 영롱한 시어로 표현된다고 합니다. 삶의 고뇌만 있고, 사리의 영롱함이 부족한 시어로 형성된 제 시를 읽어주심에 감사함과 함께 부끄러운 마음도 숨길 수가 없습니다.
그러나 미욱한 글이지만 사랑받고 싶습니다.
늘 행복하소서.

시인 김명수

* 목차

1부 사계절의 노래

기다리던 봄이 오면.....................12

입춘 연가.....................13

입춘 서설.....................14

봄은 왔는데.....................15

봄이 오는 소리.....................16

봄의 미소.....................17

꽃 시샘 속의 매화.....................18

춘분 맞이.....................19

새봄에 꾸는 꿈.....................20

봄의 영토.....................22

추억과 그리움의 소회.....................23

꽃샘바람.....................24

생명의 부활.....................25

꽃과 나무를 심자.....................26

봄비 내리는 들녘.....................27

유월에 피던 꽃.....................28

바다의 교향곡.....................29

장맛비.....................30

한여름.....................31

농부의 염원.....................32

빗물처럼.....................33

시간·계절의 진리.....................34

변하는 계절, 사라진 기억들.....................35

✻ 목차

처서; 길드는 청춘 ⋯⋯⋯⋯⋯⋯ 36

초가을의 연정 ⋯⋯⋯⋯⋯⋯⋯ 37

9월의 노래 ⋯⋯⋯⋯⋯⋯⋯⋯ 38

가을 기별 ⋯⋯⋯⋯⋯⋯⋯⋯ 39

소슬바람 불어와 ⋯⋯⋯⋯⋯⋯ 40

가을 애상 ⋯⋯⋯⋯⋯⋯⋯⋯ 42

가을의 향기 ⋯⋯⋯⋯⋯⋯⋯ 43

가을 하늘 드높은데 ⋯⋯⋯⋯⋯ 44

들꽃의 가을 기도 ⋯⋯⋯⋯⋯⋯ 45

박애의 향기 ⋯⋯⋯⋯⋯⋯⋯ 46

깊어 가는 가을 ⋯⋯⋯⋯⋯⋯ 47

낙엽의 노래 ⋯⋯⋯⋯⋯⋯⋯ 48

만추(晚 秋) ⋯⋯⋯⋯⋯⋯⋯⋯ 49

가을 잎새 ⋯⋯⋯⋯⋯⋯⋯⋯ 50

갈잎의 향기 ⋯⋯⋯⋯⋯⋯⋯ 51

계절이 바뀌어도 ⋯⋯⋯⋯⋯⋯ 52

찬비 내리는 거리에서 ⋯⋯⋯⋯⋯ 53

아쉬운 계절, 가을 ⋯⋯⋯⋯⋯ 54

12월의 기도 ⋯⋯⋯⋯⋯⋯⋯ 55

잊혀진 계절 ⋯⋯⋯⋯⋯⋯⋯ 56

겨울 ⋯⋯⋯⋯⋯⋯⋯⋯⋯⋯ 57

갈잎의 부활 ⋯⋯⋯⋯⋯⋯⋯ 58

생명과 사랑의 윤회 ⋯⋯⋯⋯⋯ 60

* 목차

2부 나의 노래

오늘 62

새날의 빛 63

여명(黎明) 64

성찰의 겨울 65

도시에 내리는 눈 66

소망 67

무너진 꿈의 반추 68

흙수저의 복종 69

새벽과 황혼의 태양 70

빼앗겨 버린 봄 72

코로나19_ 산 자를 위함 73

부리로 변한 입 74

증오의 계절 75

무엇으로 사는가 76

허기진 북반구 유랑 77

목련꽃 피던 날에 78

걷혀가는 안개 79

낯선 봄을 기다리며 80

바다에 잠겨버린 봄 81

팽목항 82

봄비의 꿈 84

생명의 꽃 피고 지고 85

미세먼지 86

* 목차

바람 ·········· 87

초가을 남도 천리 ················· 88

아비의 등불 ················· 89

섬(島) ················· 90

낮은 곳으로 오소서; 애기 앉은 부채···91

고개 떨군 더덕화 노래 ···················· 92

가시 품은 장미 ················· 93

내가 꽃이라면 ················· 94

세습의 발자국 ················· 96

별난 섬, 충무로 ····················· 98

길 ························· 100

＊ 목차

3부 사랑과 이별, 그리움의 노래

소녀야, 소녀야 102

임 오시는 길 불 밝히고 103

버려도 좋은 우산 1; 단비 104

버려도 좋은 우산 2; 재회 105

꽃향기 따라온 그리움 106

임 오시고 107

내 사랑받으소서 108

아내 109

동행(同行) 110

너 없이 난 111

장미와 눈물 112

가깝고도 먼 이별 113

사랑과 현실 114

사랑과 인연 115

오라의 인연 116

아프면 사랑인가요 117

첫사랑 118

또 다른 유혹 119

사랑의 조건 120

바람과 나무 122

바람의 그림자 123

그리움 1; 기다림 124

그리움 2; 기도 125

* 목차

그리움 3; 허상 ·········· 126

그리움 4; 인고(忍苦) ·········· 127

사라진 향기 ·········· 128

그리운 얼굴 ·········· 129

그리움으로 채운 잔 ·········· 130

그리움의 행로 ·········· 131

별빛도 전하지 못한 기별 ·········· 132

배꽃 지던 날 ·········· 133

영혼 속에 핀 꽃 ·········· 134

잊혀가는 너 ·········· 135

화석이 된 사랑 ·········· 136

사랑과 미움 ·········· 137

사랑 · 이별 · 업보 ·········· 138

어리석은 이별 ·········· 139

상심의 강 ·········· 140

무엇이 되어 다시 만나리 ·········· 141

해후(邂逅)를 기다리며 ·········· 142

그대, 그리운 날 ·········· 143

QR코드   스마트폰으로 QR 코드를 스캔하면
시낭송을 감상할 수 있습니다

본문
시낭송
감상하기

제목 : 생명의 부활
시낭송 : 최명자

영상은 YouTube 정책 또는 운영 관리에 따라 삭제될 수도 있습니다.

시인은 자연을 이야기하고 시낭송가는 자연을 품었다
글자는 날개를 달아 언어로 날고 소리는 자연에 눕는다

1부 사계절의 노래

기다리던 봄이 오면

추운 겨울 다 지나고
나에게도 따뜻한 햇볕이 찾아들면
그리움에 졸이던 가슴 펴고
나 그대 앞에서 활짝 피고 싶습니다

남녘에서 꽃바람 불 때면
앙상한 가지 부스스한 내 모습
봄 화장으로 예쁘게 단장하고
빨간 꽃잎으로 그대 부르리니
달려와 당신 그리운 나를 안아주세요

따스한 봄바람이 어찌
겨울 강과 대지에만 불어오겠습니까
언 가지와
내 가슴에도 봄바람은 속삭이지요

겨우내 그리던 봄
겨우내 그리던 당신을
봄날에 두 팔 벌려 활짝 맞으렵니다.

입춘 연가

길고 긴 혹한을 힘겹게 견뎌내고
설핏 비친 입춘 햇살 아래
곱은 등 한 번 펴고 그리운 봄을 부르니
기별 담아 온 서설 하얗게 내려
동토의 메마른 산천 목 축이고
얼었던 대지의 동맥도 찬찬히 흐르는데
남녘의 봄기운은 차디찬 땅 어루만져
잠자던 초목 뿌리와 온갖 씨앗들 깨어난다

그러나 산야의 모습 아직 하얗고
가슴속 서늘한 바람
어제도 오늘도 잠들 날 없으니
춘삼월이 언제인가 알 수 없어라.
청매라도 피어나면 그 향기에 봄이 오려나
초겨울에 닫힌 인연 기약 없고
이제야 돋아나는 매화 눈 쓰다듬으며
산하를 향해 소리쳐 불러 본다.

입춘 서설

사람들의 꿈 조각처럼
새하얀 눈이 하늘에서 내린다
소원들이 서설(瑞雪)되어
차가운 대지 위에 소복이 쌓이고
얼어붙어 차가운 동토(凍土) 아래
숨죽여 있던 씨앗에게 속삭이며

어서 싹 틔우라
생명의 김을 불어넣는다

헐벗은 매목(梅木)에
예쁜 꽃 피우라 채근하고
겨우내 움츠러들었던
우리네 차가운 가슴에도
서설은 나지막이 속삭인다
봄이 가까웠으니

이제 일어나
네 희망의 씨앗을 뿌리라고

봄은 왔는데

꽃샘이 추워도
봄은 오고 꽃이 피는데
시절을 모르고

마파람 불면
봄은 가고 꽃이 지는데
세월을 모르고

외출이 두려워
마스크로 얼굴을 가리고
말없이 걷는다

행여 병이 들까
사람들 모인 세상이 두려워
집에서만 먹는데

그래도 매화는 활짝 피고
가녀린 연두 잎은 언 땅을 뚫고
세상을 향해 손짓한다.

봄이 오는 소리

새벽, 까치 우짖는 소리에
창밖의 여명은
노곤한 눈을 게슴츠레 뜨고

봄 향기 가득 품은 바람 맞으며
한 모금 마시는 아침의 차
다가온 계절의 생기가 스민다

울타리 넘어 들판 먼 곳에서
들려오는 나지막한 소살거림은
겨우내 숨죽이던 새싹들의 수다

머지않아 아지랑이 피어나면
혹한에 접었던 가슴들 활짝 펴고
새봄에 꽃 피울 채비 부산할 텐데

봄의 미소

꽃샘바람 아직 시린
양지 녘 담벼락 아래 조그맣게 핀 들꽃
한참을 들여다보던 소녀가
꽃을 손에 쥐고 분홍빛으로 웃는다

소녀의 얼굴에서 사르라니 꽃이 피고
금세 봄도 피어난다 봄이다

우중충한 겨우내 속앓이하던 아내와
따사로운 햇볕을 등에 지고 걸었다
동네 어귀에 탐스럽게 피어난
백매화를 보고 아내가 하얗게 웃는다

주름진 미소에서 망각의 꽃이 피고
억겁의 봄도 피어난다 봄이다.

꽃 시샘 속의 매화

그칠 줄 모르던 북방의 차디찬 서슬에
입춘 우수 봄 맞을 채비 엄두도 못 냈는데
소한 대한 혹한의 파고를 넘으면서도
매화, 너는 끊임없이 봄을 짓고 있었다

깨어난 뿌리들 물기 찾아 동토를 가르고
이파리 없는 나약한 가지마다 팔을 벌려
설핏 비추다 만 겨울 햇살들 모으고 모아
움 틔워 조그만 꽃들 예쁘게도 피워 냈다

동지섣달 기나긴 밤 서리서리 지새우고
꿈에 그리던 봄바람에 여린 매화 피어나니
얄프름한 꽃잎 겨우 다섯 닢이어도
총총한 꽃술과 더불어 너는 과연 봄이로다

춘 정월 꽃샘바람 이리도 춥지마는
네가 부른 봄 바야흐로 우리 곁에 와 있으니
네 향기에 벌 나비 날고 개울물 흐르면
대지는 모두 깨어나 꽃 시샘도 부질없어라.

춘분 맞이

초승달 묵화 열두 폭 중에
춘 이월 한 폭을 정성껏 도려내어
문갑 속에 열한 달을 두었다가
꽃샘바람 사나울 때
밤하늘에 높다랗게 걸어 놓고
곤한 잠이 들었는데
새소리에 눈을 뜨니 춘분이라

어느새 창밖에는
예쁜 매화 송이 환히 피고
버들강아지 부스스 연두 눈을 뜨니
춘 이월 막아선 시샘 바람
아무리 차가워도
기화요초 새싹들 수다 소리에
춘분은 이제, 게으른 해를 재촉한다.

새봄에 꾸는 꿈

그대여, 봄기운을 느끼시나요

기운 차린 입춘 태양이
간직한 스펙트럼으로 따스한 햇살 비추면
겨우 한나절 스쳐 가는 햇볕에도
겨울 강이 풀리듯
우리 움츠렸던 가슴과 등줄기에도
따뜻한 피, 차가운 혈도 따라 흐르고
계절의 길목에 선 우리는 또다시
지난해 이루지 못한 꿈을 소원하게 되지요

그대여, 새봄에 꿈을 꾸시나요

혹한의 끝자락에 다다르면
찬바람 속에서도 봄을 알리는 매화의 종소리에
엄동에 숨죽인 생명들 모두 깨어나고
겨우 해빙이지만 태양을 향해 흐르는 개여울
생존과 번식의 본능 이루려고
멀고 먼 북회귀선을 날아오는 여름 철새들
모두가 꿈처럼 여기던 현상들이
대자연 속에서는 진즉에 꿈이 아니었지요

그대여, 사랑의 꿈을 버리지 마세요

시베리아 끝에서 불현듯 사막이 들어서고
어느 한 시절의 오아시스는
캐러밴의 짧은 행렬이 가고 나면 신기루처럼 사라져
생명의 물, 당신은 길을 새도 없었지요
앞선 이들이 순리를 거슬러 밤에 깨어난 삶이 되어
대지의 싹을 모두 베어 가고 우리도 그들을 따른다면
반복되는 동토와 사막에서
우리의 추수와 나눔은 요원한 꿈이 아닐는지요.

봄의 영토

한나절 홍매화 연분홍 향기에
부지런한 일벌 꽃잎에 날아들고
술대들 환호하며 씨방 터트리니
보람찬 일벌은 내일을 기약하며 떠나고

길지도 짧지도 않은 춘분 햇볕이
밤새 오들오들 떨던 민들레 어린싹
따뜻하게 품어주고 간 앞마당에는
초록빛 미소가 사르라니 피어난다

놀란 듯 배고픈 듯 칭얼대던 아기는
포근히 감싸 안는 엄마 품에서
풋풋한 살 내음의 친근한 한 입 젖에
금세 안도의 숨 새근새근 잠이 들고

밥 짓고 난 아궁이에 군불 남아있어
겨우내 마르고 마른 장작 패다 넣으면
불길 활활 달아올라 구들장 덥혀주니
옥답십리는 없어도 사랑의 영토는 가졌어라.

추억과 그리움의 소회

추억의 씨앗이 발아하는 봄
텅 빈 바닷가에 밀물이 밀어닥치듯
피어오르는 아지랑이 같은 그리움이
가슴속 상념들을 마구마구 토해내
하얀 캔버스에 새까맣게 탄 숯으로
묵화처럼 고운 얼굴 이리저리 잘도 그린다

뜨거운 심장을 지녔음인가!
교만한 망각을 비웃는 것처럼
지나간 날의 밀어까지 그려댄다

찬란한 이 봄은 각별한 추억과
각별한 그리움,
각별한 사랑과 애달픔에
망각의 세월은 결코
유유창천(悠悠蒼天)의 극(極) 함이 아니라며
따사로운 내 봄을 사위게 한다.

꽃샘바람

봄날의 햇볕이
조그맣게 비추다 자리를 뜨면
속곳으로 파고드는 꽃샘바람에
나뭇가지는 추워 오들오들 몸을 떨고
봄꽃은 파르르 얼굴을 떤다

한나절 내내 꽃잎 안아주던 햇볕은
그리운 임의 따뜻한 품이라
분홍빛 얼굴 간질이던 싱그런 봄바람은
몽매 간 님의 따스한 입김으로
두근대는 연정을 전하는데

봄은 자꾸만 오다가 말고
설핏 춘분 태양이 서쪽으로 뉘엿거리면
기별로 왔던 봄바람은 어느새
지난 엄동의 삭풍처럼 뼛속을 파고들어
잠시 나른하던 오후를 질책한다.

생명의 부활

삭풍 차갑던 그 혹한에
가지 꺾인 동목(冬木)의 아픔을 가져다가
꽃샘바람 시린 날
하늘 가운데 사흘 밤낮을 새겨 놓더니

따스한 기운이 아주 조금
대지에 내리는 새벽녘
이미 돌아났던 성근 망울들
모두가 눈 뜨기 전에 꽃을 피웠다

다시 피겠노라는 말
다시 오겠노라는 말
그대 잊었던가
꽃과 천지는 절대 잊지 않았기에

찬바람에 스러져 간 생명들
이 계절에 하늘 문 크게 열리더니
봄볕과 함께 모두 피어나
부활의 노래 온 누리에 가득하여라.

제목 : 생명의 부활
시낭송 : 최명자
스마트폰으로 QR 코드를 스캔하면
시낭송을 감상할 수 있습니다

25

꽃과 나무를 심자

봄에는 우리 모두
꽃씨를 뿌리고 나무를 심자

여름날 햇살에 예쁜 꽃 피고
나비들 날아와 하늘하늘 춤추면
우리 가슴에도 어느새 사랑이 피어나
묘목은 날마다 더디 자라나도
우리네 마음속은 푸르게 푸르게 물들어
피곤한 새들도 둥지를 튼단다

봄에는 우리 모두
사랑을 뿌리고 희망을 심자

밝은 햇살이 비추지 못하는 음지에도
우리의 해맑은 마음으로 환히 비추고
따스한 손길로 사랑의 씨앗 뿌려
이 강산 곳곳에 희망을 심어 보자
모두의 가슴속에 푸르른 꿈이 물들면
우리네 이곳도 살만한 곳이란다.

봄비 내리는 들녘

봄볕을 훔친 구름이
어디선가 몰고 온 봄비를
메마른 가슴 깔아 놓았던 들녘에 뿌리면
발아한 여린 싹 어르는 빗줄기에
대지는 느린 기지개를 켜고

사계절 벌판 지키던 고목은
노쇠한 가지마다 조금씩 근육들 추슬러
높다란 하늘을 향해 팔 벌리며
새롭게 눈뜨는 움을 위해
지난 계절의 묵은 때를 씻어 내린다

들녘을 품어 안을 듯 단비는
돌 밑에 눌린 여린 뿌리까지 짤박하게 적시고
들녘에 생명의 물 고루고루 모두 나누더니
골 따라 내 따라 춤을 추고 흐르며
풍요로울 내일을 노래한다.

유월에 피던 꽃

청포도 익어 가는 향기에
아카시아 꽃잎이 사라질 때면
가슴속에 사랑 담은 붉은 꽃
그대와 나 흐드러지게 피워 내고
다디단 딸기 한 입 베어 물고
그대 바라보면 그윽한 너의 눈망울

멀리 쪽빛 바다 더욱더 푸르러지면
감출 수 없는 내 마음도 파랗게 물든다.
그리움이 새록새록 솟아나는 유월
초여름도 싱그럽기만 하던 유월
그대 가슴속에 무성히도 피웠던 꽃
이제 시월이 오고 가을 오면 지겠느뇨.

바다의 교향곡

파도에 쓸리는 모래톱에 귀를 대면
먼 태고의 이야기들이 들려온다.
소라의 꿈, 갈매기와 파도들 노랫소리
사랑했던 사람들의 수많은 사연
모래톱을 걸어간 그 많은 발자국

바다는 이 모든 것 간직하여 품었다.
그리고 그 많은 이야기를 모아
웅장한 교향곡을 쉼 없이 연주하고 있다.
오늘 한 조각 내 꿈을 모래톱에 새긴다면
훗날 파도는 내가 꾸었던 꿈도 연주하리.

장맛비

비 소식을 기다리던 대지
임 소식에 목이 타던 나

뜨거운 태양이
기별 실은 구름 속으로 숨어든 날
장맛비가 내린다

빗줄기는
달궈진 대지를 식히고
임 소식은
타들어 가던 내 가슴을 적신다

기별처럼 비가 내리니
소식뿐 오지 않는 임 그리워
보내온 기별 속으로
임의 숨결 찾아 나선다.

한여름

팔월의 태양 아직 뜨겁고
녹음이 산과 들을
푸르게 푸르게 색칠하니

연두색 포도송이는
차츰 보랏빛으로 물들고
쑥쑥 자란 벼에도
어느새 알곡이 통통 차오른다

찬란한 이 계절은
선선한 바람을 곧 부를 텐데
구슬땀 아직 더 흘려야
누런 황금의 가을 맞으련만

하늘은 더욱 푸르러 높아만 가고
탐스러운 가을 능금 다 따고 나면
거칠어진 여름날의 손 다듬고
그리운 벗 찾아가리라.

농부의 염원

태풍이 할퀴고 간 자리에
말복의 태양이 설핏 비켜서면
밤새 울던 참매미 울음소리
잠시 멈출 때
창밖을 기웃거리던 새벽 한기는
가을이 다가오고 있음을 알린다

긴 장마, 사나운 태풍에
상처 난 가슴들의 염원을 모아
파란 하늘과 가을에 편지를 쓴다
여름날의 아픔, 굵은 땀방울 기억하여
올 추수에는
풍성한 수확을 내리소서.

빗물처럼

나는 쏟아지는 비가 되어
팔월의 신작로에 힘겹게 선 나무 같은
지친 너를 적셔주고 싶어

무성한 고통의 가지들, 업보의 잎새들
어깨에 십자가처럼 지고서
한번 부는 바람에도 이리저리 몰리는 너

강풍에 부러질까 혹 뽑힐까 두려워도
번뇌의 가지들 차마 쳐내지 못하는 너기에
이렇게 잔잔한 비가 내리는 날에는

빗물처럼 네 영혼의 동반자 되어
너의 타는 목마름을 해갈 시켜 주고 싶어
넘치거나 모자라지 않게

시간·계절의 진리

여명이 대지를 물들이기 전
고요를 깨우는 매미들 울음소리에
살며시 창을 열면
늦여름의 선선한 대기가 가슴을 파고든다

얼마 만에 느끼는 시원한 새벽바람인가!

코로나바이러스에 매몰되었던
화덕 같은 여름도
대지를 달구던 태양도
이제 남반구를 향해 발걸음을 떼나 보다

뒤돌아보지 않는 바람이 불어오면
시간도 따라 흐르고
어제의 삶은 오늘로 다시 자리매김하며
한 조각 추억으로 남을 뿐

어제를 보내고 오늘을 살며
내일을 기다리는 영속의 삶에서도
대자연은 진리처럼
어김없이 새로운 날을 준비하고 있다.

변하는 계절, 사라진 기억들

두꺼운 외투를 벗기길래 봄이라 생각했고
민소매, 구릿빛 젊은 활보에 여름 온 줄 알았는데
얼마 전 창밖의 새벽 한기가 방안을 기웃대더니
대지를 달구던 여름날의 긴 해도 떠나려 한다

다가올 짧은 태양이 잉크 빛 창공 속에서
허약해진 두 팔로 수고로웠던 초목들 어루만져
하계에 영글던 알곡과 과실들 영면 속에 쉬게 하면
대지는 곧, 또 다른 하얀 차림으로 갈아입으리라

변해가는 계절을 놓치지 않으려 해도
언제부터인가 가슴과 피부의 기억 속에는
열화의 뜨거움, 혹한 삭풍의 차가움만 잔상으로 남아
계절의 싱그러움은 어디에서도 찾을 수 없더라

사랑과 보시의 넉넉함이 사라진 계절
엄동에서 부활한 꽃향기 느낄 새도 없이
이글거리는 태양과 수마 침탈에 영혼도 삭막해져
함께 나누던 가을은 이제 추억 속에만 존재한다.

처서; 길드는 청춘

폭염 내뿜던 여름 태양이
입추 지나 태풍 한두 개 스쳐 가니
달구던 대지를 등지고
무심한 가로등처럼 스산하다

화덕처럼 달아오르던
여름날의 불꽃 사랑도
화덕 떠난 냄비처럼 식어만 간다

젊은 열정은 마그마가 아니고
사랑 또한 허약한 것이기에
청춘인들 하냥 뜨거울 수 있을까

두려움은 없어도 한없이 여리고
열정은 있어도 적수공권 청춘이라
계절에 길드는 착한 대지처럼

초록빛 청춘도, 사랑도
감히 어쩌지 못하는
갈색 사바(娑婆)에 물들어 간다.

초가을의 연정

여름날
멀기만 하던 가을이
어느새 파란 하늘로 성큼 다가와

연분홍 코스모스 떨기들
그리운 얼굴로
방긋방긋 피어나서

오매불망
내 임의 고운 미소로
하늘을 향해 손짓하면

나는 한 마리
임 그리운 고추잠자리 되어
투명 날개 펼쳐 훨훨 날아

하늘 아래 피어난
반가운 꽃잎에
사뿐히 내려앉고파도

반가움도 병인 양
쉬이 다가서지 못하고
주변만 빙빙 맴돌 뿐이어라.

9월의 노래

밤새워 우는 풀벌레 소리
갈 바람에 사시나무잎 부대끼는 소리
축시(丑時) 야경 선잠 깬 허한 가슴에
무거운 세월 추 뚝 떨어지는 소리

그대 듣는가
가을이 오는 9월의 소리를

해를 따라 순례의 길 떠나버린 너는
네가 떠난 자리에 금세 닥쳐올
고독한 나의 동토를 아는지 모르는지

이곳에 남겨진 나는
언젠가는 다시 찾아올 너를 위해
세상 모든 삶의 소리를 모아
9월의 노래를 부른다.

가을 기별

폭염의 계절이 다 가도록
애태우던 일봉서신(一封書信) 없더니

소슬바람 언뜻언뜻 불어오니
떨어지는 잎새에 기별 적어 보내왔다

머잖아 곧 오겠노라고

며칠 전 초승달은
어느새 부풀어 상현이 돼가고

하늘은 감청색을 칠한 듯
푸르러만 가는데

아직도 정나절 햇볕에
목덜미의 땀방울 또르르 구르니

거친 손 닦을 새 없어
널려 있는 과일 수확 한시바삐 마치고

만월 지나 푸른 하늘 새털구름 타고
고즈넉이 오실 임 기다리리.

소슬바람 불어와

일터를 나설 때
얼굴을 스치는 한줄기 소슬바람에
순간 온몸이 굳는다

아! 잊고 있었다

나를
그 사람을
지난날 뜨거웠던 사랑을

그래,
일벌레로 변해버린 지금의 나에게도
소중한 사랑이 있었어

일에 빠져 잊고 있었지만
언뜻 불어온 한 줄기 소슬한 바람에
이렇게 불현듯 돌이 되다니

헤어지던 날도
오늘처럼 바람이 불어
한사코 머리를 쓸어 넘겼어

그대여,
네 생각에 이리도 가슴이 시린데
그 많은 날 너도 잊고 살았느냐

가을 애상

실솔(蟋蟀)의 노랫소리
교교한 별빛 따라 흐르고
가을바람 하늘가에서 시리도록 여물면

바스락거리는 나무 잎새들
이별의 손 팔랑팔랑 흔들며
약속이라도 한 듯 떨어져 쓸려간다

아무런 배려도 없는
대자연의 생명과 윤회의 수레바퀴는
흡사 낫질하듯 이 가을에도

수많은 인연을 이별로 베어내고
계절의 마디마다
잘린 아픔들을 새기며 돌아간다

그래도 가을 색은 너무나 아름답고 고와서
설령, 우리네 주름살이 깊어진다 한들
누가 감히 저항할 수 있을까!

가을의 향기

순례자의 발걸음으로
멀고 먼 길 돌고 돌아
황금 들녘 즈려밟고 찾아온 너

붉은 잠자리 떼 어지러이 날고
사라진 매미 울음소리 아스라한데
너의 향기 무딘 감각을 깨우니
그리운 얼굴이 가슴속을 비춘다

오래전 계절의 끝자락에서
무서리 내리고 낙엽 지던 날
찬 바람에 쫓겨가던 너를 따라
빈 가슴 여미고 떠난 임이기에

얼마간 계절의 공전이 지나면
순례의 텅 빈 가슴 추슬러
풍요로운 너와 함께 다시 찾아오련만
그것은 한갓 나의 꿈이런가

이 가을
천지간에 네 향기 아무리 그윽해도
혼자 걷는 이 가을은 아파라.

가을 하늘 드높은데

그대의 맑은 영혼
한 떨기 가을꽃으로 다시 피어나
지나간 시간 거스르면
푸르른 가을 창공에서 쏟아지는
그리운 이름이여

아!
이 계절은 어느새
닫혔던 세월의 문 열어젖히고
먼 기억을 헤집는데

아직도 못다 부른 노래
입안에서 맴돌고
눈가에 아른거리는 눈동자
되돌리고 싶은 그 시간

꽃잎에서 말라가는 이슬처럼
가슴속 옹이 박힌 아픈 추억도
가을바람에 사라져 간다.

들꽃의 가을 기도

따사로운 오늘 햇볕에
어제의 작은 꽃망울들 피어나고
계절의 찬찬한 움직임에도
들꽃의 조그만 잎새와 꽃잎은 소원을 담아
무심히 지나가는 바람결에
감추어 둔 속살 향기로 파발을 부른다

갖은 유혹 내치고 공들인 시간
풍요로운 계절에 사랑의 씨앗 맺으려
땅 밑 파고든 가느다란 뿌리들은
얼마 남지 않는 기운들 모으고 모아서
다디단 꿀에 화분으로 부친 사연
꿈에도 그리운 임 내 정성 받으소서.

박애의 향기

찬 이슬이 눈물처럼 맺히던 날
메마른 가슴에 아직 남아있던
한 올 마지막 체온으로 씨앗을 틔우고
주고 또 주어도 모자랄
태초의 혼으로 거름하였더니만

스산한 바람 된서리에
애잔한 영혼들 새파래지던 날
나뭇잎은 떨어져도 사랑의 꽃 활짝 피어나니
천지에 박애의 향기 드날리고
잃어버린 꿈들 다시 설레게 한다

그대여 겨울을 아는가
요원하기만 하던 봄을 기다리며
우리 모두 매일매일 죽어가던 그 겨울을
매화 피기까지 하늘 문 굳게 잠겨
아무도 어쩌지 못했던 겨울

하지만 이제는 두렵지 않아
그대로부터 온 꿈과 향기 사방에 가득하니

깊어 가는 가을

엊그제 내린 비에
잿빛 근심 후련히 씻어낸 하늘은
높고 파란 가슴 활짝 열고

불현듯 찾아 든 한기에
미루나무 잎새들 살갗 비비는 소리
스산한 갈바람에 높더니만

설핏 비켜선 짧은 햇볕에
노란 잎, 붉은 옷으로 차려입고
하나둘씩 하늘에 이별을 고한다

소슬바람에 붉은 가을 깊어 가니
철새, 낙엽, 짧은 태양 그리고 우리는
외로운 나그네처럼

바람이 머물다 간 자리,
꿈과 사랑이 가버린 곳을 따라
아쉬운 눈길 멈출 수 없어라.

낙엽의 노래

풋내나는 연둣빛 살갗이 부끄러워
여름의 긴긴 햇볕에 종일토록 태웠더니
오뉴월 꾸던 꿈은
어느새 노란 황금빛으로

여름날 살갑게 불던 바람 서늘하고
갈증 해갈해 주던 빗방울마저 시리니
엽록에 숨어 있던 그리움은 빨갛게 타올라
그곳으로 이제는 떠나야 한다

지난밤 무서리 내린 기별에
노쇠한 손 하얗게 서려 바스락거리니
차가워진 태양에
이제, 더는 매달리지 않으리

먼 태고에서 새순으로 찾아왔듯이
새로운 날을 위해
가지 잡은 손 이제 놓고서
오는 봄, 내 다시 또 피어나리라.

만추(晩秋)

내설악 곱게 물들이던 단풍이
한걸음에 남쪽으로 내달려 와
내장산까지 물들이더니

다가선 입동의 날 선 서슬에
찬란한 잎들 무시로 떨어져 내리고

붉은 가을은 포도에 뒹굴다가
색색의 단풍잎들 바람에 쓸려가면
가슴속 푸른 꿈도 함께 사라진다

하얀 갈대꽃 바람에 흐느끼고
시리도록 파란 가을 하늘 위로
남방 철새들 무리 지어 날아오르면

눈앞의 가을은 벌써 멀리 달아나
플라타너스 마지막 잎새 파르르 떨 때면
여름날 꿈꾸던 가을도 저물어 간다.

가을 잎새

가을의 짧은 해가
쓰다듬고 간 나뭇가지에
덩그러니 매달린 잎새는
초록 향기 날린 지 언제였나

여름날 흐드러지던 녹음의 향연
바로 엊그제 같은데
벌써 붉은색으로 갈아입고
가을 꽃잎처럼 단장을 마쳤어라

이내 마음 푸르게 푸르게
물들이던 잎사귀에는
고독한 가을 색이 만연하니
그리움 담은 사연으로 고이 접어

이 가을 지나면
다가올 엄동 내내 가슴에 품고서
언제나 그렇듯이
내년 봄, 그리움의 씨앗으로 뿌리리라.

갈잎의 향기

까맣던 귀밑머리
지난가을에 서리 비치더니
젊은 날 탐스럽던 가슴과 어깨는
올가을 앙상한 가지처럼 야위어

곱디고운 해맑던 얼굴에는
삶의 연륜과 인고(忍苦)가 갈잎처럼 물들고
젊은 날 하얗고 곱던 손은
어느새 마른 가지처럼 거칠어라

푸른 시절 꾸었던 초록빛 꿈 이파리
살아온 세월 속에 묻어 버리고
광합성으로 만들어 낸 사랑은 가족에게
탄소는 스스로 품어서 갈잎이라오

어린 시절
어머니의 체취처럼 다가온
당신의 거룩한 사랑의 향기
갈잎에서 느낍니다.

계절이 바뀌어도

낙엽이 구르는 길목에는
멀어져 간 발자국이 서려 있고
스산한 가을바람 달려가는 그곳에는
뒤돌아보지 않는 모진 냉기만 남아 있어

그러나,
기억을 한 꺼풀만 벗겨내면
아직도 느껴지는 촉촉한 입술의 온기

난(蘭)의 은밀한 향 같은
아련한 임의 체취에 빠지다
포말처럼 부서지는 하얀 머릿속

초승달이 만월로 부풀어 오르듯
지우고 지워도 차오르는 그리움은
계절과 세월이 아무리 지나도 다 속절없으니

내 가슴이
그 영혼과 늘 함께하고 있는 것을!

찬비 내리는 거리에서

붉은 단풍으로 고즈넉이 왔다가
서걱대는 낙엽으로 갈 이별이라면
차라리 예쁘게 차려입고 오지나 말 것을

철새 따라 태양은 저만큼 가버렸는데
나는 아름다운 해후를 그리며 찾아왔다가
찬비 내리던 날 길가에 떨어져 울었다

예순 날 동안의 정열 가슴에 담고서
초가을 햇살처럼 늘 따사로운 줄 알았는데
차디찬 비바람에 오그라드는 내 모습

아쉽고 서러운 이별 어찌하나요
비 그치고 나면 서걱거리는 몸 사라지겠지만
하여도, 그대는 하냥 내 그리움인 것을.

아쉬운 계절, 가을

나의 한 해는
언 시냇가 녹던 초봄부터
된서리 하얗게 내리는 늦가을까지
겨우 이백사십 일

그 곱던 꽃들 모두 지고
산포도 거무스름이 질식하는
첫눈이 내릴 것만 같은 날이 오면
또다시 아쉬움에 눈물이 납니다

대지에 생명이 싹트던 봄날
새싹의 향기에 꿈으로 밭을 일구고,
녹음 속에 꽃 피고 새 울 때면
고단한 땀 흘려 가을 꿈을 꾸었지만

풍성한 가을은 오는 듯 가버려
먼 곳에 있는 벗에게 기별도 못 했는데,
무심한 이 계절이 벌써 가버리면
이제 나의 한 해도 보내야만 합니다.

12월의 기도

12월에는
내 마음을 비우게 하소서

지난 한 해 동안 품었고
아직도 가슴 한편에 남아 있는
욕심과 이기심,
미움과 갈등을 버리고
비운 마음으로 세상을 바라보고
만족하게 하소서

12월에는
내 스스로 감사하게 하소서

올 한 해 동안 계획했던 많은 일들
내 손으로 이루었든,
이루지 못하였든,
당신이 주신 삶에 만족하고
지난 한 해의 모든 일들
진심으로 감사하게 하소서

잊혀진 계절

그리움은
눈 속에 파묻힌 들판처럼
삶의 경계와 분별을 무너뜨리고
혼돈 속으로 빠뜨리니

옛 가을에 멈춘 그림
결코 다시 그리지 못하여
어쩔 수 없는 이곳에는 흔적이 없다

상심의 담벼락에 갇혀
지나간 계절만 여태 붙들고 윙윙거리는
날 선 삭풍 원망하지 말고
진즉에 멈추어 버린 그 가을로 가자

내 갈 곳이
비록 타인의 계절일지라도
이제, 그 흔적 찾으러 그곳으로 가야 한다.

겨울

이 겨울 나는 서설이고 싶습니다.
동화책 속 북국의 눈 얘기를 들려주고
온 세상을 하얗게 부끄러운 것까지도
모두 덮어 주는 새하얀 눈이 되고 싶습니다

이 겨울 나는 장작불이고 싶습니다
산골 가난한 오두막집 따뜻하게 덥혀 주고
추위에 떠는 나그네의 외롭고 추운 영혼을
훈훈하게 감싸 주는 장작불이 되고 싶습니다

이 겨울 나는 동면하는 곰이고 싶습니다
여름날 푸르른 산야를 마음껏 뛰놀다가
한 해가 다 가버리면 겨울이 너무 추워
이듬해 봄까지 잠만 자는 곰이 되고 싶습니다

이 겨울 나는 빨간 동백꽃이고 싶습니다
임 그리다 지쳐 겨울밤 하얗게 지새우고
풍설과 외로움, 기다림으로 피멍에 젖어
춘정월 빨간 동백으로 피어나고 싶습니다.

갈잎의 부활

계절을 따라가지 못한 삭은 갈잎
관습과 시류도 거부한 채 홀로 남아
긴긴 겨울밤 나약한 생명의 가지 끝 붙들고
추억을 되새김질하고 있다

지난 계절
상당한 추파들이 영상처럼 스쳐 갔지만

그래도 가끔은
은근히 유혹하는 상쾌한 바람의 속살거림도
신선함이 충만한 비의 촉촉한 적심도
나른하게 비추던 찬란한 스펙트럼의 햇볕도
모두 다 스치고 지나갈 것이라 여기며
한껏 높다랗게 서서 손사래를 쳤기에
후회 가득한 고독 속에 차디찬 몸 사위어만 간다

이렇듯 눈보라 속에 홀로 남았지만,

식었던 태양이 봄 따라 슬슬 달궈지면
지난날 속삭이던 바람 다시 불고
홀연히 적셔주던 빗줄기도 다시 찾아오리니
그때, 네 몸이 새순으로 변하거든,

너는 노래 불러라
고독과 북풍한설에도 살아남은 부활의 노래를.

생명과 사랑의 윤회

칠흑의 어두운 대지 아래서
혹한을 이겨내고 솟아난 새순처럼
봄날 우리는 알 수 없는 인연
마치, 천년의 업보에 홀린 듯 끌려
사랑하고 미래의 꿈을 꾼다

뜨거운 여름 햇볕 아래
연둣빛 새순은 나무로 쑥쑥 자라
봄의 인연도 푸르름 속에 둥지를 틀고
미래 백 년의 가약을 맺었지
비바람에 부대끼던 생채기를 안고서

끝없이 타오르던 붉은 이파리
가을 찬바람에 우수수 떨어지니
무서리에 서걱대는 갈잎으로 변한 정
바람 따라 낙엽처럼 쓸려간다.
새봄을 잉태할 겨울이 다가왔는데

헐벗은 나무는 대지에 씨앗들 내려
생명의 봄을 기약하며 동면에 들고
젊음을 다 소모한 천년의 인연도 나무처럼
여름날 비바람의 상처들 치유하고
새봄에 윤회의 새싹 피우기를....

2부 나의 노래

오늘

나에게 주어진 날은
언제나 똑같은 날 오늘이었습니다
어제도 그제도 몇 달 전에도
지난해 그리고 십여 년 전에도
늘 오늘이었고 내일은 오지 않았습니다

해가 지고 새롭게 해가 뜨면
그날이 내일이라 생각했습니다
그러나 자고 깨어난 날도 오늘입니다
아무리 기다려도 내일이 오지 않는 이곳은
태양과 너무 멀리 떨어져 있음인지,
아니면 멀지 않아도 볕이 들지 않는 곳인지

오늘을 살며 늘 내일만 기다리다
내 어깨에는 어느덧 날개가 돋았습니다
내일로 곧바로 날아갈 수 있는 날개
미로 속에 갇혀 버린 오늘을 벗어나
기다려도 오지 않는 내일을 찾아
이카로스처럼 훨훨 날아서 가렵니다.

새날의 빛

새해 아침에 떠오르는 태양은
그믐에 솟아오르던 해와 무엇이 다를까

오늘 올려다본 산마루에 걸린 하늘이
여름날 바다 너머 하늘과 무엇이 다른가

어젯밤 기도를 위하여 켰던 촛불은
바느질하시던 노모의 등잔과도 같은 빛이라

태양은 늘 같은 빛을 밝히지만
어느 때면 새날의 빛으로 다가오고

산비탈에서 숨 돌리며 문득 쳐다본 하늘은
그 높고 푸르른 기상이 조금도 변함없는데

기를 사르며 타오르는 희미한 등잔 빛은
낮은 한숨에도 흔들리는 허약한 빛이어도

혼을 태워 연약한 영혼을 일으켜 세우고,
새날의 태양은 밤을 내몰고 새 생명을 깨운다.

여명(黎明)

길고 긴 어둠 속 방황은
과연 얼마 동안이었고
아픔 또한 어떠했느뇨

검은 밤이 새벽 남빛으로
그리고 연보랏빛으로 변하니
산기슭에 피어오르던 안개인가
쫓겨 가는 모략의 구름인가
그 너머에서 태양이 비로소
기슭에 오르던 구름 물리치며
한 줄기 밝은 빛으로 날을 밝힌다

오라, 오라 솟아라 태양아
변함없이 밝은 네 빛의 진리로
이 잠든 대지를 깨워다오
어둠 속에 떨던 가슴들 비추어다오
그러면 간밤에 몰아치던 삭풍에 할퀸
우리네 가슴은 아련한 숨을 쉬려니

생명의 빛이여
가물거리는 새벽별을 지우고
남아 있는 어두운 그림자마저 거두어다오.

성찰의 겨울

한 해의 모든 것 다 태우고
기억의 재만 눈처럼 쌓이는 겨울

땀, 열정, 보람, 사랑과 미움마저도
모두 다 태우며 살아온 한 해의 흔적들
재로 변해 바람과 함께 사라진다
지나간 시간은 되돌아오지 않아도
기억의 조각 몇 점은 가슴에 남았다

이기심이 넘실대던 계절
경쟁의 대오에서 삶이란 미명으로
결코, 지지 않으려 발버둥 치던 많은 시간
좀 더 베풀고 져도 되는 것을
영혼이 부르짖는 소리도 외면한 채 달려왔다

다시 열릴 계절에는
더불어 사는 삶의 가치도 누려 보자.

도시에 내리는 눈

산과 들에서는 눈이
가지 사이 꽃처럼 피어나지만
도시에 쏟아지는 눈은
외면당한 수많은 아픔이 내린다

메마른 가슴마다 하얗게 쌓여
밟힐 때마다 "뽀드득" 영혼에 금가는 소리
사랑과 온유함이 얼어버린 곳에
불통의 빌딩숲으로 막혀 있고

어린 눈동자에 소록소록 쌓이던 눈
허기진 새싹들의 희망찬 발아를 도우며
들판을 새하얀 이불로 감싸던 신비스러운 눈은
문명의 도시에서는 그 눈이 아니다

그것은 부서진 영혼의 파편이며
이익을 자꾸만 상실케 하는 근심이고
사고와 재난을 부르는 불편함이라
그래서 도시의 눈은 하늘의 선물이 아니다.

소망

삶의 행간에
별로 자랑스러운 것도 없는
나이테만 한 줄 더 생겨나고

수많은 선과 선 사이 행간들을
비집고 살아오면서
그 많은 여백을 소망으로 채운 게 없다

꿈을 꾸고
희망을 거두지 않고
반드시 이루리라 했던 다짐도

새로운 선이
윤곽을 드러낼 때쯤이면
늘 그렇듯 공허함뿐인 빈 행간

꿈과 소망으로
삶의 테와 테 사이를 채우려 했던 것이
이토록 허망한 꿈일 줄이야!

무너진 꿈의 반추

아무도 없는 신작로에 홀로 서 있던 나를
부질없는 바람만이 흔들고 가던
사막의 낙타 같던 스물두 살 시절

가슴에 활활 타오르던 꿈이
신기루처럼 눈앞에서 처연히 사라질 때
그 꽃이 다시 피기까지 울음 울던 나는
결코 영랑(永郞)이 아니었다

영랑은 이듬해 모란을 봤으련만
나는 이듬해 봄에도 모란을 못 봤으니

모란의 꽃순이 돋기 전
붉은 동백꽃이 떨어지던 곳,
아비의 누운 자리에 봉분 추 막대를 쥐고 서서
무너지던 내 꿈도 같이 묻혀 버렸다

세월이 강물처럼 흐르고 난 지금
왜 또다시 나는
그때의 스산한 바람에 영혼을 떨까

흙수저의 복종

그들이 노래를 부르라 한다
그들을 위해 춤을 추라고 한다

이카로스처럼 태양을 향해 날다가
비록 떨어져 바다에 빠질지라도
날개를 얻기 위해 노래를 부르고 춤을 춘다
현실을 벗어나 미래로 날아가기 위하여

파지 1kg; 70→ 90원(종일 6~7,000원)
최저임금; 6,030원(′16)→ 6,470원(′17)→ 7,530원(′18)
택배 수당; 개당≒700원, 막노동; 일당 10만 원
이것들은 높아져도 날개가 아니기에 날 수가 없다

밀랍이 아닌 번쩍이는 황금 날개를 달고,
무소불위의 힘과 넘치는 전(錢)을 소유한
금수저들의 식탁을 위해
몸과 마음을 바쳐 징갈히 준비해야 한다

약탈적 자본주의가 지배하는 시장 원리에
어떠한 저항도, 날 선 비판도 모두 공염불이라
어쩔 수 없이 오늘도 나는 영화처럼
보잘것없는 내 영혼을 팔고 허리를 굽혀 조아린다.

새벽과 황혼의 태양

오늘도 나는
떠오르는 너를 바라보며 집을 나서
종일토록 너를 쫓다
멀리 기우는 너를 보며 돌아온다

새벽,
네가 부르는 소리에 소스라치며
잠자리 떨치고 일어나
충만한 마음으로 하루를 나섰지만

중천,
잡힐 것 같던 너를 향해 종일토록 피땀 흘려 달렸지만
점점 더 높아지는 너는
감히 쳐다볼 수 없는 높은 곳에 있으니
쉼 없이 뛴다 한들 내 어찌 찬란한 너를 품을 수 있을까

황혼,

아주 멀어지는 너를 보며

새벽의 충만함은 어느새 무력감으로

너를 잡지 못한 좌절감에 터벅터벅

사바(娑婆)의 모순에 몸을 떤다

내일은 또다시 오늘의 반복일 뿐,

너는 과연 무엇이길래

너를 품고자 함이 이토록 허무한 꿈인가.

빼앗겨 버린 봄

봄을 기다리던 북반구 사람들,
눈에 보이지 않는
적으로부터 침탈당하여
오매불망 기다리던 봄이 오질 않아

진즉에 만개했던
남녘의 봄꽃은 외면당하고
고귀한 생명들이 꽃잎과 함께
나풀나풀 땅에 떨어진다

새봄의 소망을 준비했건만
여기저기 온 세상에서 들려오는
슬픈 낙화 소식은 일상이 되어
기쁨도 소망도 모두 다 잊었다

감옥으로 변해버린 자가 격리
찬란한 봄과 예쁜 꽃들이 과연 무슨 의미인가
이 전란에서 살아남아야지
설령 북반구의 봄이 사라진다 해도.

코로나19_ 산 자를 위함

금세기에
하늘 문이 크게 열렸나

평생 수고로웠던 사람들이
바벨탑 주위에 너나없이 몰려있는데
온 세상에 널린 바벨탑들이 무너져
무고한 사람들을 덮친다
수많은 죽음에 애도와 슬픔보다
산 자들의 공포가 대지를 억누른다

크게 열린 하늘 문을 향해
억울한 영혼들이 곳곳에서 몰려가는데
살아있는 나는
과연 그들보다 죄가 없을까
얼마나 많은 인간이 더 죽어야
하늘 문이 닫힐 수 있단 말인가

오 하늘이여,
이제 당신의 문을 닫아주소서.

부리로 변한 입

먹고 마시고 떠들고 중상모략하고
거짓으로 사람들을 도탄에 빠뜨리고,
악한 말로서 타인에게 깊은 상처를 주는
우리의 입은 서서히 부리로 변해 간다

코로나19 바이러스는
이런 부리에 마스크를 씌워 틀어막았다

사랑을 말하지 못하는 부리
탐욕과 이기심으로 타인을 망치는 부리
미움과 증오로 남의 가슴을 쪼아 대는 부리
거짓과 술수로 사람을 기만하는 부리

왜, 우리가 마스크를 써야 하는지
부리로 변해버린 우리의 입이
진정 선한 입으로 돌아올 그날까지
마스크로 감추고 성찰의 날을 보내자.

증오의 계절

자비와 배려가
사라져가는 도시

카인의 세월이 끝없이 이어지고
서로를 극복해야만 살 수 있다는 진리

핍박과 증오가 일상이 되어
자비의 신경이 괴사 돼버린 사회

사람의 본질인 사랑이 마르니
이해와 배려는 보이지 않고 미움만이 앞선다

인간 본연의 성찰과
집단 힐링이 필요한 나라

젊은이들이 따르고 희망을 품을 수 있게
허약한 이들도 숨 쉴 수 있도록

앞선 자들이여,
사랑을 베풀 수 없다면 미움이라도 버리기를.

무엇으로 사는가

지난 시절 걸어온 발자국에
이기와 갈등의 서릿발만 선명하고
자비로운 온기는 없어라

조금은 너의 희망이 되고,
언제나 너의 그늘이 되고 싶었는데
아직도 널 담은 흔적이 없다

영혼 속 무성한 가시
푸르른 하늘 우러러 솎아내지 못하고
업보처럼 늘 박혀 있으니

언어는 어찌 사랑을 노래하고
손길은 어찌 따뜻할 수 있으며
미래의 발자국은 무엇을 남길 수 있을까

너 나이듯, 나 또한 너처럼 하나 된다면
우리는 서로 자비와 보시(布施) 그리고
사랑을 구태여 셈하지 않아도 넘칠 텐데

허기진 북반구 유랑

무리를 놓쳐 버린 철새 되어
여름날 내내 북반구를 인내로 날았지만
어디에서도 찾을 수 없었다

이제는 하나
경험하지 못한 타인의 계절로 가자
북회귀선과 적도를 지나 미지의 남반구까지
계절의 축을 거슬러 날아가 보자

내 영혼이 짙어가는 곳,
수만 리를 날아 낯선 하늘을 헤맬지라도
세상 끝 어디에선가 보석처럼 찾으리라

늘 그렇듯 익숙한 두려움일랑
푸르른 창공을 비상하는 나의 날개를 믿고
태양과 별빛 나침반을 따라서
나 이제, 내일의 계절로 날아가련다.

목련꽃 피던 날에

새벽의 찬 기운이 다 가시기 전
영글던 목련 꽃망울들
하늘 바라 지극 정성 기도하더니
혹한 엄동의 가혹한 색깔 곱게 두르고
눈부신 하얀 꽃송이들
하늘을 향해 환호하듯 활짝 피어났다

목련화 너 피던 날
모진 세월, 모진 계절에
하늘 높이 울려 퍼지던 그 함성은
네 환희의 노래이더냐
오지 않을 것만 같던 날이 왔으니
너도나도 외치던 희망의 절규이더냐

며칠 동안 탐스러운 꽃 피어나더니
겨우 얼마간 분노와 환희의 함성 높더니만
사월 따스한 햇볕이 오히려 덥던 날
목련화 하얀 꽃송이
뚝뚝 붉게 떨어져 내리고
젊은 함성도 먹구름 속으로 사라져 갔다.

걷혀가는 안개

빛을 부정하는 음모인가
시야를 가리려는 술책인가

강산을 뒤덮은 원죄의 독버섯들
악취가 모락모락 연무로 피어오르니
이 땅의 새벽은 왜 이리 늦는지

대지의 낮은 곳에서
생명들 손에 손에 불 밝혀 태양을 부르고
이 땅에 그 봄을 다시 부른다

천지간을 뒤덮은 저 안개는
찬란한 태양 떠오르고 밝은 빛 비추면
바야흐로 사라지고 말지니

기다리자, 기다려 보자
내 손과 심장에 촛불 하나씩 있어
어둠의 실체들 밝힐 수 있으니

나 그때를 보리라
드리웠던 안개 걷히고 나면
밝은 빛에 드러날 부끄러운 민낯들을.

낯선 봄을 기다리며

설 지나 입춘이면 봄이건만

원죄를 벗지 못한 앙칼진 냉기는
새봄을 꿈꾸는 대지를 붙들고
나약한 민초들의 허기진 삶을 흔들며
떠나지 않겠노라고 몸부림치는 듯
동토의 끝자락에서 날을 세우고 있다

이때쯤이면 생각나는
솔베이지의 노래 애써 부르지 않아도
기운 차린 남녘의 태양은
북반구로 쉼 없이 달려오고 있는데

이렇게 새로운 계절
우리가 늘 갈망하던 낯선 봄이
꿈과 함께 바야흐로 다가오고 있다

새로운 시대를 기약하는
찬란한 스펙트럼과 함께
올봄에는 여태껏 보지 못한
새로운 세상을 꿈꾸리라

바다에 잠겨버린 봄

어린 연분홍 꽃망울들
엄동의 수많은 밤 지새우며
곱게 피어나기를 기다렸건만

사월의 봄볕이 설핏 선 날
봄꽃들 아우성으로 뚝뚝 떨어져 잠긴
차디찬 바다
그곳에는 꽃향기가 없다

여린 꽃 이파리 눈물로 쏟으며
무심하고 잔인한 세월 따라
이대로는 질 수 없다고 흐느낀다

너희를 누가 버렸느냐
야속한 바다이더냐
배반의 세월이더냐
어이없는 어른들이더냐

아! 가엾은 봄은
바다 밑에서 통곡하고 있다.

팽목항

끝없는 기다림이
목을 놓고 망연자실 서 있는 곳

어제가 오늘이고
내일도 오늘처럼
한없이 바다만 바라보다가
돌로 변해가는 수많은 노란 리본들

어미의 눈물은 바다가 되고
아비의 눈물은 바위가 되어 가슴에 매어 달고,
못다 한 친우의 정은 기어이 훗날 상흔으로 남을
사무침만 무수히 널려 있는 곳

행여나 행여나
수면 위로 불쑥 솟아오를 것만 같은 아이를 위하여
먹이고 입힐 꿈으로 차려 놓았지만
빌고 빌던 그 기도가 다 무슨 소용이란 말인가
지척의 맹골 물길은 더욱더 깊어만 가고
오늘도 나는 너를 위해 아무것도 할 수 없는데

아이야
내 너를 어찌 보낼까
팽목항
내 너를 어찌 잊을까

봄비의 꿈

하늘 가득히 피어오른 꿈들이
대지의 초록 생명들 찾아와 나지막이 속삭인다.
이제부터는 너와 나의 계절이라고

봄날 따사로운 햇볕을 멈춰 버린
지난 세월의 어두운 그림자에서 벗어나
대지를 달리자고 손을 잡아끈다

대지의 끝 간 곳에서 기다릴
미래의 푸르른 누리가 손짓하니
네 갈증, 내 꿈으로 추기고 가거라

나는 새벽 강을 따라 흐를 테니
너는 움츠러든 연두 이파리 펄럭이며
초록 생명들 제곱으로 달려 다오

가끔은 보란 듯이 네 어여쁜 꽃 피기도 하고
어린싹들 다독여 황량한 이 대지를
초록빛으로 물들이는 꿈을 꾸자.

생명의 꽃 피고 지고

꽃 한 송이가 피어날 때
하늘은 해와 달과 별, 바람 이슬과 함께
대자연의 조화로서 숨결을 불어 넣습니다

모든 생명이 잉태되고 탄생할 때도
이렇듯 우주에 가득 찬 거대한 기운은
미명(未明) 속 생명에 축복을 내립니다

인간의 값으로 매길 수 없는 존재들
비록 하찮은 미물에서 들풀에 이르기까지
어느 것 하나 함부로 할 수 없음은
대자연의 순리로서 이루어졌기 때문이겠지요

그렇다면 우리 인간은 어떠한가요
동시대에 같이 할 수 없는 사람이 많아도
한 명의 선하고 의로운 이를 위하여
하늘은 결코, 우리를 포기하지 않을 테지만

악인의 손에 꺾여버린 꽃들은 어찌하나요.

미세먼지

따사로운 봄볕은 무시로 사라지고
회색빛으로 시야를 가리는 대기
먹구름처럼 푸른 하늘을 뒤덮고
강토의 봄과 생명들을 윽박지른다

저기를 뚫고 성층권으로 오른다면
푸른 하늘과 밝은 햇빛을 볼 수 있을 텐데
황사와 더불어 발원도 알 수 없이 밀려오는
탄소의 공습에 인류의 미래도 알 수가 없다

문명의 이기(利器)가 만들어 내는
문명의 이기심에 의한 공포
종일 목젖에 쌓이는 칼칼한 이질감
허파 깊숙이 세균처럼 파고드는 미세 입자들

봄의 새싹으로 아장아장 걷는 아기들과
이 행성의 미래에 과연 우리는 속수무책일까.

바람

바람이 분다.

강에서 바다에서
여기저기서 불던 바람은

어느새
가슴속 깊은 곳에서 불어온다

내 영혼도, 생각도
바람처럼 자유로워지라 한다

새처럼 높게 멀리 날며
누구도 움켜쥘 수 없는 바람

멀리 그리운 곳 찾아
안녕 인사하고 훌쩍 떠나올 바람

오는 길에 그리운 이를 만나
눈물을 비처럼 뿌려대도

아프지 않은 바람처럼
늘 제 자리로 돌아올 바람

바람은
모든 것으로부터 자유롭고 싶은
나의 바람.

초가을 남도 천리

싱그러운 초가을 남도 천리
숨 가쁘게 달려간 반나절 길

순천만 갈대 숲길 걸으니
살아온 삶이 온통 흔들림이라
그렇게 억새는 수많은 세월
흔들렸어도 부러지지 않고 왔으려니

낙안 읍성 초가지붕은
새 볏짚으로 이엉 엮어 올리고
좁은 골목골목 집집마다
지난날 애절한 삶이 배어 있다

서늘한 바람이 삼 척 돌담길 감아 부니
어릴 적 자라난 고향 동네 그립고
벌교 꼬막 살점 입에 물면
꼬막 발라주시던 어머니가 눈에 섧다.

아비의 등불

어수선한 하루를 마치고
어둠이 시커먼 입을 벌릴 때면 돌아와
고단한 삶을 밝혀 주는 등을 켜고
나의 작은 화단을 들여다본다.
기름등잔의 타는 심지 높이고
가물대는 등불로 자세히 들여다보니
아직 봉오리도 채 패지 않은
채송화 두 그루가 곤히 잠들어 있다

문득 어릴 적의 아버지가 그리워서
아버지....

밤늦게 돌아와 삼십 촉 등을 켜고
아무렇게나 잠이 든 자식들 뿌듯하게 바라보며
어머니와 두런두런 녹록지 않은 세상 이야기 나누시다
삼십 촉 등이 꺼지면 고단함과 함께
보람찬 가슴 여미고 하루를 눕히셨던
아버지의 넉넉했던 모습에 스스로 부끄러워서

아버지!
나에게는 한층 더 초라한 모습의 아비가 있다.

섬(島)

자욱한 안개가 온몸을 옥죄는 날에
나는 긴 침잠에서 벗어나련다

바람과 파도 편에
가슴에 묻어둔 사연 적어 보내고
조금씩 조금씩 나를 지워가는 이 바다
헤엄쳐서라도 세상으로 가겠다

그 많은 밤들
차가운 달빛 아래서 고독에 몸을 떨고
아우성치던 비바람에 얼마나 가슴을 졸였으며
망각 속에 빠져버린 시간은 얼마였던가

이율배반적인 뭍의 한계가
나를 이곳에 홀로 떨어뜨렸지만,
그것은 끝이 아닌 또 다른 시작이었으니

계절 따라 싹과 꽃을 피우고
내 안에 갖가지 생명들 품었는데
오로지 너만은 나를 모른 체하려 한다

이젠, 혼자 엎드려 있지 않고
땀내 나는 세상으로 의연히 가겠다.

낮은 곳으로 오소서; 애기 앉은 부채

그냥 지나치지 마시어요.
발아래 낮은 곳도 눈여겨보소서
붉은 소망이 기다립니다

세상 꽃들이 모두
하늘 향해 높아지려고 팔을 벌려도
저는 높아질 수 없답니다

햇살 고운 널따란 광야에서
크게 소리쳐 노래 부를 수 있겠지만
결코 임의 뜻이 아니기에

수풀 속 낮은 곳에서
오래전 내게 주신 소중한 언약들
가슴에 품고 기다렸습니다

임의 눈길 더 낮은 곳으로
허리 구부려 조그만 저를 찾아오소서
당신 사랑 더욱 빛나리다.

고개 떨군 더덕화 노래

초봄 어느 날
가슴 설레게 하던 임이 찾아와
먼 길 함께 가지 않겠냐며
그윽한 눈길로 물었다

병풍처럼 에워싼 나무들의 시선
나의 가는 허리 끊어질 듯 숨이 막혀
이 계절은 저에게 주소서, 라는 말 차마 못 해
스치는 실바람에 고개만 저었다

그늘 속 한줄기 햇볕으로
허약한 기지개 켜던 예쁘지 않던 나는,
봄꽃들의 흔한 사랑 노래에도
한눈 한번 팔 수 없어서

더운 여름 지나고 나니
언뜻언뜻 부는 찬 바람으로 다가온 이름
내 그리움은 성실함에 짓눌리고
임의 발길은 이제 다시는 오지 않아.

가시 품은 장미

곱디고운 얼굴 뒤에 감춘
사나운 발톱이 두려워
결코 너를 탐하지 않으련다

곧추세운 서슬
예리하게 벼리고 별러
욕망의 손만 노리고 있으니

벌 나비가 아니고서야
심장을 찌르는 그 아픔을
누가 감히 피해 갈 수 있을까

양귀비보다도 예쁜 너인데
세상 사는 이치를
이리 모질게도 깨우치다니!

내가 꽃이라면

한적한 곳 찾아 오롯이 피고 싶습니다

근사한 곳에서 화려하게 피어나
많은 이의 따가운 시선 한몸에 받기보다
빛나는 태양이 종일토록 나를 바라보고
배고픈 벌 나비 모여들어 내 가진 꿀 나누며
외로운 길손에게 치유의 향기 드릴 수 있는
한적한 곳에서 피고 싶습니다

내가 꽃이라면

상전의 축하 화환으로 바쳐지기보다
차라리, 쓸쓸한 영혼의 무덤가에 피어나
삼백육십오일 아무도 찾지 않는 영혼을 위해
저승에는 절대 없을 이승의 향기를 드리고 싶어요
그 향기에 서러운 영혼도 편한 잠 드시리라

정녕, 내가 꽃이라면

태초의 아름다움과 향기로 피어나고 싶습니다
다만, 번식의 수단으로 필요한 도구처럼
자신까지도 속아 넘어가는 뇌쇄적인 미모
누구도 헤어나기 힘든 치명적 유혹의 향기
이것을 지닌 꽃으로 피어나기 싫습니다

짧은 날 일지언정
보는 이들 가슴에 잔잔한 평화와 작은 행복을 주고
온유한 향기로 사랑을 전하는
그러한 꽃으로 피고 싶습니다.

세습의 발자국

세상 어디라도 넘쳐나는 발자국들
인기척 없이 지났거나 분주히 널려 있기도 하고
머나먼 과거에 지나갔어도 어느 것은
죽간 문자처럼 새겨져 아직도 선명한 것이 있지만
얼마 전에 찍혔어도 어느 것은
바람의 흔적처럼 어디서도 찾을 수 없다

시름에 빠져 있던 날
수없이 많은 발자국 속에서
따라 걷지 말라고 젊은 날 들어왔던
오래전 아버지가 남기고 간 발자국을 찾았다
그것도 천지가 하얀 눈 속에 파묻혀 건곤일색이던 때에
북극성처럼 반짝거리던 발자국

내 길을 찾으러
그 발자국 짚어가며 희망과 우려 속에 따라 걸었다
반짝이던 북극성, 선명하던 발자국은
어느 땐 짐승들 발자국 속에서 사라지기도 하고
물가나 자갈길에서 멈추고 이어지며 고달픈 행군으로 이끌더니
절벽까지 오르고 단애(斷崖) 앞으로 다가섰다.

현기증에 아래를 내려다보니
저 아래 선명하게 남아 있는 망부의 발자국
아! 그 길은 아버지만이 갈 수 있는 길이며
의(義)를 외면하고서라도
나 또한 자식에게는 따르지 말라고 가르치고 싶은 길이었다.

별난 섬, 충무로

땅거미가 서서히 내려앉는 시간
서울 도심의 이상한 공단, 요술의 섬 충무로

세상의 온갖 이야기를 지어 영화로 만들어 수많은 사람을
울리고 웃게 하는 마법의 영화인, 광고 카메라앵글 앞에 선 남녀
모델은 요술의 포토샵과 디자인으로 멋진 광고 혹은 깜짝 스타로
태어나기도 하고, 산더미로 드나드는 종이는 인쇄와 제본소, 가공소를
흐르고 흘러 소중한 책 혹은 각종 제품으로 둔갑하여 전국으로 혹은
세계 각지로 귀하게 팔려 가게 하는 이곳 충무로

이런 고귀한 열매가 영그는 뿌리에는
수많은 이들의 땀과 격정, 눈물과 한숨이 거름으로 늘 배어 있다

잘린 검지를 훈장처럼 지니고서도 괘념치 않은 듯
제품에 매달리는 인쇄, 제본, 가공소의 기술자 혹은 사장
직원과 가족의 생계를 위해 또는, 꿈의 실현을 위해 종일 뛰어다니며
맨살이 잘리는 거래처의 가격 후려치기와 부당한 요구도 감내하며
일을 따오는 서러운 영업,
업체들을 도와 완제품이 되기까지 물건을 흐르게 하는 삼발이 배달,
모두가 오케스트라처럼 각자의 기술로 하모니를 연주하는데

그 섬에 술시가 찾아오면,
크고 작은 소문난 맛집과 술집에는 오케스트라의 주역들이 모여들어
왁자지껄, 하루의 무용담 혹은 일 걱정 뒷얘기 등으로 애환을 나누고
술 한 잔에 하루의 피로를 녹인다

영화와 광고는 진즉에 탈 충무로 하여 대부분 강남으로 갔지만
광고의 마지막 작업은 고향인 충무로에서 이루어지기에 그들 역시
이 섬에 자주 얼굴을 비추고 술집에서 얘기 꽃을 피운다

그러나, 충무로는 정부에서 지정한 산업공단도 아니고
그저 섬이기에,
정부의 특별한 혜택도 없는 이곳은 늘 재개발의 대상일 뿐이다.

길

애초에 없었으므로
아무런 바램이나 약속은 없었다

무심한 바람이 몇 번 쓸고 지난 후
여백이 없는 곳을 힘겹게 걷는 이가 나타나
첫 발자국의 희미한 족적을 남기고 가니
새로운 발자국들이 흔적 따라가면서 길이 된다

차츰 많은 무리가 지나고,
제법 넓어져 성치 않은 이들도 따라서 가고
미로와 험로가 조금씩 바로 잡히면서
길은 바야흐로 바꿀 수 없는 진리가 되었다

오랜 세월에 길이 만들어지니
그곳에는 약속이 자리 잡고 바램도 생겨난다
가끔 무도(無道)한 자가 자신의 방식으로 길들이려 하고
혹자는 위험을 무릅쓰고 새길 찾아 헤매기도 하지만
대부분 실패하거나 죽고 다치기에 길로서 가야만 한다

길이란 무엇인가
그것은 곧, 우리에게 꼭 필요한 법과 진리다.

3부 사랑과 이별, 그리움의 노래

소녀야, 소녀야

따사로운 밝은 햇살로
빛나는 너의 살결 만들고

휘영청 밝은 달 가져다
어여쁜 네 얼굴 빚고서

남녘 하늘 영롱한 샛별로
너의 눈동자를 새기고

붉은 장미 꽃잎 따다가
예쁘고 고운 너의 입술 빚으니

신은 세상의 미움은 버리고
아름다움만 모두 취하셨구나!

소녀야, 소녀야
하늘이 너를 이리도 사랑하는데

심술궂은 바람에 행여 훗날
네 눈에 이슬방울 맺힐까 두렵다.

임 오시는 길 불 밝히고

날 저물고 세상이 까맣게 어두워질 때
그리움으로 간직한 한 올 심지를 꺼내
그대 오시는 길을 향해 등불을 켭니다

멀리 어둠 속에서
반짝이는 불빛 보이거든
밤새워 기다리는 내 그리움으로 아세요

밤하늘 별 무리가 초롱초롱 빛나도
동녘 하늘 보름달이 밝다 해도
내 그리움으로 밝힌 등만 하리오

임 오시는 어두운 밤길 행여 다치실까
심지 높여 내 불빛 멀리멀리 보내오니
징검다리 살피시고 돌부리도 피하소서

등불 밝혀도 동이 트면 소용없는 것을
당신은 내 그리움을 볼 수 없을 것입니다
임이여, 나에게로 오시는 길인가요

버려도 좋은 우산 1; 단비

먼 곳으로 떠나신 임이
여름 내내 목말라하던 기별을
구름에 실어 보내셨나요

창문 두드리는 빗소리는
몽매 간에 기다리던 사연들을
방울마다 알알이 풀어 놓는다

마른 창호지에 임의 사랑 적시고
그리움 속 들녘의 목 타는 이삭들을
흠뻑 부둥켜안고 입 맞추니

아 아 그리운 임이여
이내 몸은 당신의 구구절절 긴 사연에
밤새도록 젖어도 좋으리다.

버려도 좋은 우산 2; 재회

눈물이 비가 되어 내리던 날

마르고 마른 대지에 단비처럼
내 온몸에 쏟아지며 찾아온 그대
살아서 만날 수 있도록
하늘이 우리 재회를 허락하였음인지

서로의 영혼을 빨아들이는
길고 긴 입맞춤
영원으로 이어질 것만 같던
이별의 긴 고통의 시간도 보상받으리

거추장스러운 우산은 버리자
오매불망 그리운 임이 다시 왔는데
우리 마음을 감추고 있던 옷일랑은
비에 흠뻑 젖어도 좋다.

꽃향기 따라온 그리움

엊그제 봄비 내리더니
뜨락에 송이송이 꽃을 피우고
봄볕이 머문 뜨락에는
꿈속에서 찾던 얼굴도 피어난다

봄바람은 임의 향기 흩날리고
나는 멀고 먼 기억 속을 더듬는데
천지간에 꽃향기 이리도 가득하니
어쩌면 그리운 임이 곁에 오셨나

얼굴 쓰다듬는 다정한 임의 손길
어쩜 이리도 따뜻할까
따사로운 햇볕이 흔들어 깨어보니
꽃향기에 취해 그새 잠이 들었나 보다.

임 오시고

언뜻 부는 바람은 낯간지러워
희롱하는 마파람에 게 눈 감추듯
마음 빼앗길 새 없더니만
장미 향기 가득한 연풍에
삭풍 속 들국화처럼
이내 마음 무시로 떨어져 내리고

사랑에 젖어버린 녹녹한 가슴엔
붉은 향기 수시로 드날리며
자줏빛 사랑 방울방울 맺히고
가슴에 그리움이 흥건히 밸라치면
눈가에 흐르는 나약한 서러움
뉘라서 그 속내를 알리요

연풍 불면 오시려나 짐작은 했어도
풍성한 초록 향기 사라질 때면
그날이 그날이라 기다리지도 않았어라
지난날 만심(慢心)은 회한이 되어
이렇듯 성찰을 잉태하니
이제라도 임 맞을 채비 서두르라.

내 사랑받으소서

사랑하는 그대여 받으소서

비록 가시 있는 장미꽃일지언정
아무도 범접 못 한 마음 드리오니
정갈한 내 사랑으로 받으소서

봄날 따사로운 햇볕에 싹 틔우고
오뉴월 새벽에 함초롬히 이슬 머금어
뜨거운 심장으로 피운 꽃이라오

멀고 먼 세월의 길 휘휘 돌아
무엇보다 소중한 그대 앞에 다가와
사랑과 인연의 꽃을 드리오니

뜨고 지는 해와 달에 꽃잎 시들까
나부끼는 바람결에 꽃향기 마를까
무심한 세월이 내 정열 앗아 갈까

노심초사 애타는 내 마음 받으소서.

아내

성모의 장미 송이
알알이 꿰어 얻은 인연

혈도를 흐르던 촌철(寸鐵)이
뜨거운 심장을 찔렀으니
별처럼 영롱한 눈가에
흐르는 아련한 그리움

고독에 떨던 날들 기꺼이 보내고
인연이 만들어 낸 보석
그것은 억만년 영겁에서
뚝 떨어진 업보의 대가인 것을

기도하는 정성으로
귀하고 소중하게 간직하리
보석의 찬란한 아름다움
사바(娑婆)의 먼지에 오염되지 않도록.

동행(同行)

해가 가는 길을 따라
달이 가는 길을 따라

많은 날 같이 걸었다

비가 오면 비를 맞고
바람 불면 이리저리 흔들리며

꽃이 피면 꽃향기에 취하고
열매 영글면 따먹기도 하면서

쉬지 않고 같이 걸었다

멀고 먼 길 걷다 보니
이제는 지치기도 하련만

갈 길이 아직 멀고
땅거미도 아직 멀었다고

쉬지 말고 가자, 하네

너 없이 난

네가 없으면
나는 아무것도 아닌 것을

너를 만나 사랑의 꽃 피우고
우리 삶의 소중함도
세상이 살만하다는 것도 깨달았다

비록 우리 만남이 우연일지라도

네가 꿀벌처럼 내 꽃잎 열지 않았다면
내가 과연 꽃을 피울 수 있었을까
또한 달콤한 꿀이 없었다면 네가 다가왔을까

우리는 서로 없어서는 안 될 존재이기에
살다 보면 꽃 시들고 너도나도 지치겠지만
그래도 우리 사랑 식지 않도록 기도하자

너 없이 난 꽃도 아니고
나 없이 넌 벌도 아니기에

장미와 눈물

그대 까만 눈동자에서
자그만 내 얼굴이 보입니다

그대 눈동자 보노라면
내 가슴에는 장미가 피어납니다

가슴에 핀 장미 가시 떼고
그대 가슴에 오롯이 심어 드릴게요

계절이 지나가니
그대 가슴속 붉은 장미 시들고

그대 눈망울에 언제부터
멀고 먼 푸른 바다가 보이네요

바다 멀리 수평선 바라보는
아련한 그대 그리움도 보입니다.

가깝고도 먼 이별

어제는 바람이 불고 비가 내려
당신이 계신 곳에도 비가 왔을 텐데
요란한 빗소리가
내 그리움을 전하지 않던가요

비가 개고 오늘처럼
따스한 햇볕이 쏟아질 때면
스펙트럼 속에서
당신의 선한 얼굴이 아련히 보입니다

청명한 날 봄바람이 솔솔 불어와
귓가에서 당신의 음성으로 속삭이는데
그대여
제가 부르는 소리는 안 들리나요

비, 바람, 햇볕, 대기까지
동시에 누리는 좁은 땅에 살면서도
서로를 찾지 못하는 우리는
너무 세상에 살고 있나 봅니다.

사랑과 현실

수평선 넘어 황혼 속으로
고즈넉이 가라앉는 낙조의 태양은
얼마나 황홀한가!
형언할 수 없는 눈 부신 태양도
만약 우리 가까이에 있다면
그 찬란함을 과연 감당할 수 있을까?

아주 오랜 시간 동안
먼발치서 애태우며 바라만 보던
아름다운 그녀 모습도
한 발짝 거리만큼 가까워지면
황홀하기만 하던 그 모습
늘 애태우던 그 마음
과연 전처럼 한결같을 수 있을까?

사랑과 인연

낯선 바람으로 다가와
살을 스치고 혼을 태우던
그 사랑은 인연이 아니었다

달콤한 네 입술에 혼미해지는 영혼
부나방 되어 불길 속으로 빠져들고
헤어나기 힘든 사랑으로 불사르지만

잡은 손 놓으면 그만인
꺼지는 포말처럼 허망한 사랑
배신보다도 가혹한 것이 인연인 것을

너와 내가 눈물 뿌리던 그곳에서
타오르던 사랑의 불꽃 또한
예감한 이별이었으니

뜨거운 입맞춤도
피었다가 지는 꽃 한 송이일 뿐,
인연 없는 불꽃은 필연으로 사그라들고

타다만 숯덩이 같은
까만 상처는 옹이 되어
영혼 깊숙한 곳에 하냥 남아 있어

오라의 인연

억겁(億劫)의 인연으로 핀
전설 간직한 능소화처럼
그리움은 담을 넘어 긴 기다림으로

오매불망 기다리던 가슴
샛노란 꽃망울 무시로 터트리고
인연 그 몹쓸 오라에 매여
가슴 졸인 세월이 얼마인가

바르르 떨던 소녀 입술에
그대 입맞춤하지 않았던들
어린 눈망울에
그대 기약 호소하지 않았던들

업보의 끈일랑은
결코 우리 것이 아닐진대
사랑이 업이던가!
업이 사랑이던가!

아프면 사랑인가요

당신을 처음 만난 후부터
몸과 마음이 몹시 아팠습니다

장미꽃 가시에 손이 찔리면
붉은 피 한 방울 솟는 곳이 아프겠지만
당신으로 구멍이 뚫려버린 내 가슴엔
찬 바람이 혹한처럼 드나들어 아려옵니다
이렇게도 몹시 아픈 걸 보면
당신은 한 계절 나를 흔들어 놓고 가버린
한낱, 바람이었나 봅니다

바람 같은 당신의 화살이
내 심장을 겨누리라 짐작도 못 했는데
나를 흔들어 대던 그 바람으로
잠들어 있던 본능 깨어나고
가슴에 빨간 꽃 한 송이를 피웠지만
어느새 그 꽃송이 시들어
부끄러운 꽃잎들 메말라 떨어집니다

꽃향기 모두 사라지니
말라버린 꽃송이에 좌절하고
나는 오늘도 이렇게 아픈데
그래도, 사랑인가요

첫사랑

첫사랑,
그것은 할 수만 있다면
다시 그리고 싶은 그림이다

태어나 처음 스스로 만든 캔버스에
한 점으로 마음을 찍고서
이리저리 발자국 따라 선을 잇고
여러 가지 색을 칠해 보았지만
마음을 도저히 그릴 수 없었다

캔버스를 하얀 물감으로 지우고
또다시 그리려 부단히 노력하였지만
다시 그릴 수가 없더라
변변히 한번 싸워보지도 못하고
패배한 병사처럼 아프고 또 아팠다

마주 볼 적마다 가슴 떨려
코스모스꽃 주위만 빙빙 날던 소심한 잠자리처럼
네 고운 향기에 한 발짝 더 다가서지 못하고
고백의 말 한마디도 못 한 채,
분홍빛 청춘은 세상의 색깔로 물들고

하늘이 노랗던 날,
그림 다시는 그릴 수 없음을 깨닫고
글로써 담아 놓은 수많은 고백을 태우며
네 시야 밖에서 나는 영원히 죽었다.

또 다른 유혹

어쩌면 그것은
스스로 자신감의 표현일지도

이별의 열병 무던히 앓고서
망각의 바다로 나갔지만
또다시 거센 풍랑으로 다가와
허약해진 마음의 조각배를 흔들어 댄다
여전히 눈부신 모습으로
뚝뚝 떨어지는 진심 없는 눈물로

차츰 혼미해지는 정신
내 영혼의 나지막한 외침은
또다시 무너지지 말라고 경고한다
하지만, 타는 듯한 목마름은 또 무엇인가
질곡의 늪이 늘 아른거리는 짧은 환희보다
집착 없는 선한 사랑을 꿈꾸자.

사랑의 조건

그대여, 사랑의 도리를 아시나요

네 그림자에 늘 가려져
과거와 현재, 그리고 미래에도
내가 과연 너처럼 자유로울 수 있을까

언뜻 부는 바람처럼
어쩌다 날아온 네 눈길 한 자락에
은사시나무처럼 오들오들 몸을 떨고서
이것은 사랑이야, 소중하고 고귀한 내 사랑이야

다시 찾아온 계절에
내 사랑 전하려고 온몸으로 외쳤지만
너는 나를 낙엽으로 떨구고 갈바람처럼 사라지니

그대여, 내 사랑을 아시나요

멀고 먼 길 돌고 돌아와
그림자처럼 내 곁에 너 숨어든 날
나는 보았다 네 눈에서
네가 없던 날
내가 감내해야만 했던 버림받은 고통을
생채기 가득한 너의 영혼에서

범접을 거부했었던 너는 흐느끼며
나무가 되어 버린 나의 몸을 흔들고
내 그늘 속에 스며들게 해달라 애원한다

그대여,
나무로 변해 버린 내 가슴을 모르시나요

바람과 나무

그대를 늘 흔들고만 가던 나는
바보 바람이었네

한 그루 나무로 항상 그 자리에서
언제나 그렇듯 훅 불어오는 나를
여린 가지와 이파리 반갑게 흔들면서도
늘 목마른 눈길로 바라만 보던 너를 모르고

녹음이 우거지던 계절
눅눅한 마파람으로 다가선 날
푸른 잎새 뚝 뚝 떨구는 너를 보며
나의 시절이 아닌 줄로만 알았으니

어느덧 세월은 흘러
소슬바람에 나뭇잎들 떨어지던 날
그대 떠난 자리 쓸고 가던 나는
지난날 그대의 눈빛
공허했던 미소를 반추하며 깨달았다
그것이 네 가슴앓이였음을

스스로 사랑을 깨닫지 못한 미욱함이
훗날, 고스란히 내 고통이 되었으니
나는 바보 바람이었네.

바람의 그림자

보일 듯 보이지 않고
잡힐 듯 잡히지 않던 그대는

어느샌가 그림자로 내게 스며들어 와
오매불망 그리움에 사로잡힌
내 몸과 영혼을 어루만지고 쓰다듬다가
차디찬 가슴 녹아내릴 때면
안개 걷히듯 어디론가 사라집니다

찾아도 찾을 수 없고
느끼려 해도 느낄 수 없던 그대는,

내 그리움이 영글고 영글어
한 송이 봄꽃으로 피어날 때면
어디선가 마파람으로 달려와
꽃향기 아직도 향긋한
순백의 꽃 유린하여 시들게 하고
스쳐 지나는 바람처럼 사라집니다.

그리움 1; 기다림

한 뼘도 안 되는 가슴속에
자리 잡은 커다란 빙하처럼
하냥 얼어 있는 그리움은
지난날 그대가 남기고 간 사랑

한 치도 안 되는 망막 속에
언제고 나타나는 신기루처럼
하냥 잡을 수 없는 그 모습은
그대가 살라버리고 간 흔적

결코 아니 올 것을 알면서도
부질없는 시간만큼이나
속절없이 그대를 기다림은
정녕 지워지지 않는 그리움.

그리움 2; 기도

어젯밤 꽃목걸이 걸어 주며
그윽이 바라보던 당신의 선한 눈동자
내 목을 쓰다듬는 손길이 무척 따뜻하여
차마, 꿈이리라 생각도 못 했지요
깨어나 가슴속을 들여다보니
켜켜이 쌓인 그대 사랑 여태 살아 있어
금방이라도 나의 창문을 두드릴 것만 같은데
이렇게 또 그리운 날이 갑니다

밤새 불 밝혀 기도하는 것은
새록새록 솟아나는 그리움이 아프고
지워도 지울 수 없는 그대와의 사랑이
어느 한 시절 불장난이 아니었기에
자나 깨나 당신 모습 늘 눈에 선하고
환한 미소 한순간도 잊을 수가 없어
하늘이여,
우리 재회를 허락하소서.

그리움 3; 허상

꿈속에서 별이 떨어지던 날
저 멀리 서 있는 당신을 보았습니다

소스라쳐 깨어나
당신을 향해 힘껏 달려갔지만
그대에게 다가갈 수가 없었습니다
그것은 허상이고
바로, 내 그리움이었습니다

우리가 이별한 뒤에도
별은 항상 나를 비추고 있었기에
나는 늘 그대가 다시 오리라 믿었고
우리 헤어짐을 애써 인정하기 싫어
잠시 떨어져 있음이라 여겼지요

당신 없는 계절이 사무치게 지나가고
내 주위 어느 곳, 이 땅 어디서도
당신 모습 보이지 않고 발자취마저 사라져
찾을 수 없다는 두려움에 사로잡힌 날
내 가슴 속 별이 떨어집니다

그토록 찾아 헤매던 당신이 보입니다
내 그리움이 당신을 보게 합니다.

그리움 4; 인고(忍苦)

그대 떠난 자리에
우두커니 선 채로 나는 나무가 되었다.
아무 데도 오갈 수 없는 나무

그대를 기다리다
아무 바람에나 치맛자락 들치고
찬 서리 비바람에 한두 잎 남기고
옷을 모두 벗어야만 하는
계절의 구속을 벗어나지 못하는 나무

진정 열망하는 것은
천지간을 훨훨 나는 자유로운 바람이건만
오로지 내게 허락되는 것은
햇볕을 느끼는 촉각과 어두운 청각뿐

끝도 없는 이별은 지속되고
그대 발걸음 소리와 해후를 기다리다
한 발짝도 움직일 수 없는 나는
더욱더 나무가 되고 고목으로 변해 간다.

사라진 향기

아주 오래전
잊힌 첫사랑의 발그레한 얼굴
접시꽃이 나를 부릅니다

응시하듯 탐스럽게 피어
적삼 속에 꼭꼭 숨기기만 했었던
부끄러운 속살 나부끼고

볼이 붉던 젊은 날
무척이나 탐하던 님의 향기라
그 꽃잎에 얼굴 묻으니

님의 향기는 오간 데 없고
그 언약, 그 자취 모두 다 찾을 길 없어
임 닮은 꽃이 애달픕니다.

그리운 얼굴

잃어버린 얼굴 그리워하다 보면
꽃 한 송이가 피어납니다
나는 그 꽃을 보고 그대를 기억합니다

잠 못 들어 뒤척이는 밤에는
그대 얼굴 그리워도 기억할 수가 없습니다
어둠이 내 눈을 가리기 때문입니다

수많은 시간이 마치 어둠처럼
그대 음성, 그대 모습을
까맣게 색칠하듯 기억 속에서 지우나 봅니다

그래서 나는 어둠이 싫고
속절없이 흘러가는 세월도 싫습니다
망각을 강요당하기 때문입니다

잠시나마, 이렇게 꽃을 보며
그대 모습 떠올리면 가슴은 무척 아리지만
당신을 기억할 수가 있어 아직은 행복합니다.

그리움으로 채운 잔

그리움으로 가득 찬 잔이
드넓은 호수처럼 물결 출렁이고
그리운 얼굴 달이 되어 술잔에 떠오르니
사뭇 쏟아지려고 한다

알 수 없는 밤바다처럼
깊이를 가늠할 수 없는 너의 심연
작은 조각배를 띄워 네 마음 건져 보려고
나는 오늘도 애써 노를 저었지만

술잔 위에 떨어지는 별은
너의 서늘한 영혼인지 내 눈물인지
네 마음 한 조각도 건지지를 못해
이 잔을 차마 비울 수가 없구나

같은 하늘 밑에 산다는 것은
어쩌면 축복이면서 또한 고통인 것을
이 밤에 너의 모습과 체취
그리움이 가득 찬 잔에서 느낄 수 있기에

아무튼
나는 오늘 밤 이 잔을 마셔야겠다.

그리움의 행로

오마고 한 적 없는 사람
더는 기다릴 수 없어
오매불망 그리움에
구름처럼 부풀어 찾아갔지만
진즉에 닫혀버린 하늘은
그리운 행로도 어쩔 수 없더라

갈 길이 아닌 길을
황망한 바람으로 달려갔다
돌아서는 발걸음
차마, 다시 오려니 다짐 못 하고
비탄과 체념으로
천근 발길을 되돌려 왔으니

내 살아서
어느 세월에 널 다시 만날까.

별빛도 전하지 못한 기별

석양이 머물다 간 곳에
혹여 있을지도 모를
임의 기별 들으려
해가 비추고 간 길을 따라갔지만
날 저문 그곳에는
낯선 바람 소리만 스산하다

그래도 별이 떠오르면 혹
별 무리에 담아 보낸 사연 있을까
쳐다보기 수월한 밝은 별에 있을지도
내내 기다렸지만
열린 밤하늘 수많은 별 중에
나를 비추는 별은 없어라

그도 그럴 것이
해도 달도 모르는데 별인들 어찌 알까
바람처럼 강물처럼 돌아보지 않고
가버린 세월이 얼마큼인데
진즉 구름에 실려 왔을 통곡의 그 눈물도
여태 고여 나를 반길 일 없을 테니

배꽃 지던 날

꽃잎이 바람에 날리면
비바람 속 낙화처럼 멀어지던
임 생각에 눈물이 납니다

오마고 하지 못하고
가지 말라고 붙잡지 못해
가슴속 옹이 박힌 세월이 얼마인가

바람이 가끔 전해 주고
구름이 비에 싣고 온 소식은
그립다는 한마디뿐

내 그리움은 구름처럼 부풀고
차마 못 한 얘기는 산처럼 쌓였는데

님의 손 같은 하얀 배꽃 잎은
속절없는 바람에 이리저리 날리며
그립다 손짓하며 나를 부르네.

영혼 속에 핀 꽃

계절의 꽃송이에
늘 담겨 있던 그대 향기도
시간 속을 흐르던 바람 따라
멀리 사라지고

어느 날
기억의 조각들 파헤치면
가슴 깊숙이 박혀 있는
겨우 한 점의 상처일 뿐

그대는 실체 없는 바람처럼
어디에도 없고, 누구도 아닌
내 영혼 속에서만 존재하는
절대 시들지 않는 꽃인가

사랑은 그렇게
밤하늘의 별이 되고
못다 부른 노래가 되고
마치지 못한 시가 되었다.

잊혀가는 너

널 그리워할 때면
천 길 물속으로 꼼짝 못 하고 빠져드는
가슴속에 자리 잡은 고독의 심연

널 기억하는 남은 잎새마저 구멍 숭숭 뚫려
서걱대는 낙엽으로 떨구고 나면
나는 너를 위해 무슨 노래를 부를까

돌아서던 너의 뒷모습은
찬바람에 도져 욱신거리는 풍통처럼 아픈데
무수히 많은 밤하늘 별 중에
너는 어느 하늘에서 네 빛을 깜빡이는지

빛이 안 보여 존재를 알 수 없고
세상 어느 곳에서도 흔적을 찾을 수 없으니
과연 내 사랑은 산화한 넋이 되었는가.

화석이 된 사랑

바람은 인연을 모른다.
계절의 날숨과 들숨에 가고 오며
본능으로 꽃을 건드리고 나뭇가지 흔들어
화장 지운 꽃잎, 숨 고르는 이파리 떨어뜨리고,

발원지의 강물 역시 인연을 모른다
꿈적 않던 바위도 천 갈래, 만 갈래의 손길로 쓰다듬어
견고함을 유린하여 가슴속까지 흠뻑 적셔놓고서
훌훌 털고 제 갈 길 따라서 가버린다

사랑은 한 치 앞도 모르면서
지펴진 불은 부지불식간에 활활 타오르기에
결국 하얀 재만 허망하게 남기거나
새까맣게 타다만 숯덩이를 가슴에 남긴다

바람은 어제도 오늘도 속절없이 꽃을 흔들고
강물은 단단한 바위 속살까지 천만 번을 벗겨내고
사랑은 영혼마저 까맣게 태우고 사라지니
이루지 못한 사랑은 켜켜이 쌓여 화석이 되었다.

사랑과 미움

이별하고 난 뒤라야
사랑에 덧칠된 미움을 깨닫는다
서로를 헤아리지 못한 업보가
얼마나 쓰라린 것인지를

미움의 계절이 지나고
어리석게도 하냥 기다리건만
기다림도 모두 속절없음인 것을

왜, 늘 이렇게....

또다시 많은 계절이 지나고
올 수 없는 사람 생각하며 알았다
사랑이 얼마나 고귀한 것이고
이별이 얼마나 허망한 것인지를

한숨과 원망만 하늘가에 서려
사랑과 미움의 이치를 그때는 몰랐으니
이별하고 난 뒤라야 사랑도 미움도
하나라는 것을 깨닫는다.

사랑 · 이별 · 업보

1978년 서소문 길 어디쯤
스물셋 네가 뿌린 눈물이 여태 고여 있어
가을이면 그곳에서
나는 길을 잃고 헤매는데
그 가을은 올해도 어김없이 찾아왔다

스물셋 너는
가슴에 박혀 있는 화살을 뽑지도 않은 채
긴 시간 속을 금세 달려와
어지러운 꿈속으로 나를 내몰고
늘 그랬듯이 문초를 시작한다

이 계절의 고통
이제는 스스로 끊을 수 없을까
서소문 거리의 마르지 않는 네 눈물
내가 쏘았던 화살
이제는 모두 산화하기를....

어리석은 이별

창을 흔드는 비바람 소리에
긴 잠에서 깨어난 기억 세포들이
아스라한 추억 속을 내달리면
미몽 간에 보이던 미소는
이별하던 슬픈 얼굴로 금세 다가와
비바람 속으로 나를 내몰고

무너진 인연 해답을 얻으려
가슴속에 새겨진 아픈 곳 더듬어
그때의 상처 헤아려 보니
무지와 편견의 딱지만 다닥다닥
수많은 시간 속에서도
이별의 상흔에는 새살이 돋질 않았다

나뭇가지 흔드는 바람 소리는
그대 울음으로 귓전에서 맴돌고
쏟아지는 장대비는 임의 눈물 같아라.

상심의 강

세월을 담고 흘러가는
강물 바라보며
지우고 싶은 기억들
버리고 싶은 아픔들 모아서
마치 아무렇지도 않은 듯
태연히 흘려보낸다

흐르고 흘러
멀리멀리 사라지면 좋으련만,
어느 하늘 아래
어느 소(沼)에 갇혀
그리운 임의 눈에 띄어
내 아픔, 행여 알게 된다면
이 가슴앓이 얼마나 부끄러울까!

무엇이 되어 다시 만나리

차갑기만 하던 겨울 태양이
조금씩 온기를 되찾을 때면
어느새 엷어진 강변의 살얼음에
가슴속의 빙하도 이제는 녹는다

뒤돌아서던 모진 바람
그 발길이 영원의 길은 아니었으니
겹겹이 두른 세월의 장막을 걷고
우리 다시 만나리라

네가 떠난 그 자리에
상처로 남겨진 발자국은
새싹들과 수많은 꽃이 피어났어도
시간과 계절은 결코 지우지를 못했다

너와 내가 눈물 뿌리던 그곳
변해버린 도시 찬란한 불빛 아래
통곡의 그늘만 길게 드리웠는데
냉혹한 그 세월의 그림자 걷어 내고
우리 다시 만나리라.

해후(邂逅)를 기다리며

무지가 가른 이별은
어리석음을 깨우친 날에도
그 인연 다시 이을 수가 없어
가버린 바람을 어찌 찾을까

돌아서는 치맛자락으로
훔친 빨간 눈물은
세월에 넘보라 빛으로 바래더니
이제는 얼굴색이 되었다

그러나
무너져 내린 가슴 끌어안고
모진 삶 살다 보면
그 세월도 야멸차지는 않으리니

달과 별들이
설핏 비켜선 어느 날에
불현듯 다가올지도 모를 해후
가슴속에 늘 준비하리라.

그대, 그리운 날

가슴 깊은 곳에 숨겨 놓은 그리움이
먹구름처럼 부풀 대로 부풀면
상심의 바다에 비바람 되어 몰아칩니다

사려 깊지 못한 이별의 회한은
떠나갔던 파도가 성난 얼굴로 되돌아와
방파제를 치듯 가슴을 할큅니다

그리움은 어느덧
걷잡을 수 없는 비바람 속에 갇히고
덜 성숙한 영혼에 아픈 박음질을 해댑니다

회한과 보속의 많은 날이 지나도
그대는,
빠져버린 썰물처럼 가뭇없을 줄 알았는데

수많은 아픈 날이 가고
이렇듯 상심의 바다에 비바람 몰아칠 때면
그대 그리워 멍든 가슴에 새깁니다

어리석은 이별이
얼마나 몹쓸 것인지를

시, 우리 삶의 노래

김명수 시집

2024년 3월 4일 초판 1쇄
2024년 3월 6일 발행
지 은 이 : 김명수
펴 낸 이 : 김락호
디자인 편집 : 이은희
기 획 : 시사랑음악사랑
연 락 처 : 1899-1341
홈페이지 주소 : www.poemmusic.net
E-Mail : poemarts@hanmail.net

정가 : 12,000원
ISBN : 979-11-6284-515-8

저작권자와 맺은 특약에 따라 검인은 생략합니다.
잘못된 책은 교환해 드립니다.